Éric Diego Bar

É Tique ou Toc?

Um relato de vida sobre o
transtorno obsessivo compulsivo

Preparo de originais: Gabrielle Antunes
Revisão: Denise Himpel
Diagramação: Samanta Paleari
Capa: Fernanda Pereira

CIP-BRASIL CATALOGAÇÃO NA PUBLICAÇÃO
SINDICATO NACIONAL DE EDITORES DE LIVROS, RJ

Barioni, Éric

É Tique ou Toc?/ Éric Barioni

Rio de Janeiro: Ases da Literatura 2022.

14 X 21 cm

62 páginas

ISBN 9978-65-5375-028-9

1. Literatura brasileira. I. Título

CDD: B869

Editora Ases da Literatura

www.asesdaliteratura.pt

Éric Diego Barioni

É Tique ou Toc?

Um relato de vida sobre o
transtorno obsessivo compulsivo

ASES DA
LITERATURA

Dedico essa obra aos meus pais, minha avó paterna e à minha esposa Mayara Crislaine da Cruz Carvalho Barioni. A Mayara foi sempre sensível, cuidadosa e uma fonte de confiança para mim. Nada seria possível sem o auxílio da leitura e sugestões que foram feitas por ela.

Agradeço a leitura e apoio dos colegas Professor Doutor Guilherme Profeta, do biomédico Marcos Caparbo e, adicionalmente, à confiança e ao prefácio da Professora Doutora Roseli Gedanke Shavitt.

Prefácio

O transtorno obsessivo-compulsivo (TOC) é uma doença relativamente frequente na população em geral que, caracteristicamente, acomete pessoas jovens e, dependendo da gravidade dos sintomas, pode impactar toda a trajetória de desenvolvimento daquelas afetadas.

Evidências apontam que o intervalo de tempo entre o surgimento dos primeiros sintomas e a primeira vez em que é feito um diagnóstico adequado pode superar dez anos, o que torna muito importante o conhecimento desse problema de saúde pela comunidade em geral.

A possibilidade de reconhecer os sintomas, em si mesmo ou em alguma pessoa querida, e ter a iniciativa ou estímulo para buscar o tratamento adequado pode levar à recuperação da trajetória de crescimento e desenvolvimento pessoal, acadêmico e profissional das pessoas afetadas.

Nesse contexto, o relato pessoal transformado em livro pelo Professor Eric Barioni é muito bem-vindo. Sua experiência pode não refletir a realidade de muitos portadores de TOC que apresentam sintomas diferentes dos aqui relatados [nas palavras do autor: "acho justo usar esse instrumento e o meu papel de educador para divulgar o assunto e relatar essa minha (e tão somente minha) experiência"]. No entanto, muitos aspectos universais da experiência do portador de TOC serão reconhecidos pelos leitores, e acredito que a leitura poderá oferecer, além da informação, algum alento e estímulo para os leitores portadores, seus familiares ou amigos.

Uma das informações mais importantes que o autor destaca é a influência da duração da doença pré-tratamento no prognóstico. Ou seja, quanto mais precoces forem o diagnóstico e o estabelecimento de um tratamento, melhor tende a ser o futuro.

Outro aspecto importantíssimo diz respeito às famílias: a adaptação dos familiares aos sintomas do portador (em geral, participar ou facilitar a realização de rituais compulsivos) tendem a prolongar a doença em vez de contribuir para o bem-estar do portador.

Finalmente, o autor propõe o diálogo, a possibilidade de pedir ajuda e compartilhar os seus "demônios", como passos decisivos rumo à melhora.

Mesmo que o tratamento do TOC possa exigir muito dos portadores, já que os medicamentos demoram a fazer efeito e a terapia cognitiva-comportamental não é amplamente disponível em nosso meio, até o momento não dispomos de alternativas mais eficazes do que essas duas terapêuticas de primeira linha. E, assim como qualquer problema de saúde crônico que precisa ser mantido sob controle, o engajamento do portador do TOC nas ações de tratamento, manutenção da melhora e prevenção de recaídas é essencial para se alcançar e manter um bom resultado.

Assim, a leitura desse livro é uma oportunidade de se conhecer e refletir sobre uma condição potencialmente grave, mas para a qual existe ajuda possível. Como o autor sugere, não deixemos que o silêncio e o desconhecimento atrasem o acesso dos portadores a medidas que podem fazer uma grande diferença nas suas vidas.

Profa. Dra. Roseli Gedanke Shavitt
Departamento & Instituto de Psiquiatria
Diretora do Programa de Transtornos do Espectro Obsessivo-Compulsivo
Universidade de São Paulo, USP, Brasil.

Introdução

Ainda me lembro do dia em que eu e minha esposa estávamos dentro de nosso carro na avenida Juscelino Kubitscheck de Oliveira, em Sorocaba - SP. Era uma tarde ensolarada de sábado em 2019, quando, parados no semáforo, olhei para o lado direito e avistei um jovem rapaz ao volante do outro carro. Ele — o rapaz — piscava várias vezes e contorcia seguidamente a boca e o pescoço. Quando a minha esposa viu o que eu atentamente observava, assustou-se, mas eu lhe disse: calma, está tudo bem, ele deve estar tentando se livrar de algum pensamento e isso é para passar.

O que o rapaz estava apresentando até poderia ser confundido com o início de uma crise convulsiva, sei lá, mas antes de qualquer senso de urgência ou tentativa de socorro, resolvi aguardar. Sob o meu ponto de vista ele estava bem, veja: as mãos do rapaz estavam sobre o volante e ele até ajeitou o retrovisor preocupado com os olhares distraídos. O semáforo abriu e saímos lentamente com o carro, incluindo ele que seguiu ao nosso lado sem, aparentemente, manifestar nada mais.

A minha esposa ficou impressionada com o que viu ao passo que ela também já conhecia as minhas aflições

— ainda que nunca tivesse presenciado nada igual — e soube compreender o contexto daquilo que havíamos presenciado.

Meu nome é Éric Diego Barioni, sou biomédico, mestre e doutor em Ciências, atuo como educador e pesquisador na Universidade de Sorocaba - Uniso, e entre os demônios que me assombram, apresento-lhes: o Transtorno obsessivo-compulsivo (TOC).

Questionei-me muito sobre escrever ou não esse livro e o questionamento se deu, primariamente, pelo desconforto pessoal que o assunto me causa, além, é claro, de não me considerar um especialista ou detentor de conhecimentos técnicos mais amplos sobre as mais diferentes formas de manifestação descritas para o Transtorno do Espectro Obsessivo-compulsivo (TEOC) ou nuances do próprio Transtorno obsessivo-compulsivo (TOC). Porém acho justo usar esse instrumento e o meu papel de educador para divulgar o assunto e relatar essa minha (e tão somente minha) experiência.

Já presenciei muitas pessoas, em momentos de descontração, caracterizarem manias, teimosias, incluindo um charme como TOC. Não vejo problemas no emprego incorreto do termo, porque isso demonstra claramente o quanto desconhecemos a doença, da qual podemos ou não ser portadores. Além, é claro, da carga de sofrimento progressivo, ansiedade, isolamento e depressão que o TOC é capaz de induzir. O TOC é progressivamente causador de um amplo espectro de obsessões, que podem ser definidas como pensamentos, ideias, impulsos e/ou imagens que são intrusivas e incômodas, e de compulsões, que podem ser definidas como comportamentos ou atos mentais repetitivos que são realizados para diminuir o incômodo ou a ansiedade gerada pelas obsessões ou para evitar que uma situação temida venha a ocorrer.

Pois bem, estamos no ano de 2021, em plena pandemia causada pelo novo Coronavírus — aliás, essa é a minha segunda pandemia na vida. O Brasil já caminha em direção à vacinação de boa parte de sua população, porém, infelizmente, ao longo desse período pandêmico, desde 2020, muitas pessoas morreram e parte dessas mortes poderia ter sido evitada. Para além disso, o risco de novas variantes do vírus SARS-CoV 2 nos rodeia a todo momento.

Para variar, eu não estou curado do TOC, já passei sim por vários médicos psiquiatras e também por psicólogos, sigo com os meus tratamentos farmacológicos e não farmacológicos, caminho em busca de me descobrir pela desconstrução de medos, tabus e conceitos preestabelecidos sobre muitas coisas, porém um espectro de obsessões e compulsões, ora mais ou menos intensas, ainda me assombram.

Transtorno do espectro obsessivo-compulsivo (TEOC)

O TEOC é como um guarda-chuva que abaixo dele estão apensados vários tipos de transtornos relacionados mais ou menos entre si. Como exemplo, temos: o transtorno dismórfico corporal; transtorno de acumulação; tricotilomania (transtorno de arrancar cabelo); o próprio transtorno obsessivo-compulsivo; o transtorno de escoriação e beliscões; transtornos de tiques[1] na síndrome de Tourette (ST); o jogo compulsivo e o transtorno de comprar compulsivo. Além, é claro, de outros transtornos semelhantes que podem ser desencadeados ou potencializados pelo uso de substâncias químicas em geral, medicamentos, etc.

Facilmente, o paciente acometido por um desses transtornos, e não tratado e orientado, poderá experimentar as nuances de cada um dos transtornos citados acima,

1. Um tique é um movimento motor ou vocalização súbito, rápido, recorrente e não rítmico (p. ex., piscar os olhos, pigarrear). Em geral, os tiques não são como as compulsões que visam, por exemplo, a suprimir ou neutralizar as obsessões. Cabe ao médico psiquiatra e/ou psicólogo a análise diferencial desses transtornos e tratamento adequado.

além de passar por ou ter a sobreposição de vários transtornos ao longo da vida.

Transtorno obsessivo compulsivo (TOC)

O TOC, uma das formas de TEOC, é um transtorno psiquiátrico crônico, caracterizado pela presença progressiva de obsessões e compulsões e, segundo a Organização Mundial da Saúde (OMS), a doença figura entre os transtornos psiquiátricos mais prevalentes no mundo, ficando atrás somente da depressão, fobia social e abuso de substâncias. Aliás, o TOC é fator de risco para o desenvolvimento de uma série de outros transtornos psiquiátricos, como os transtornos de ansiedade, pânico, depressão, entre outros.

Segundo o Manual Diagnóstico e Estatístico de Transtornos Mentais (DSM-5, APA, 2014), as obsessões, no TOC, são pensamentos, impulsos ou imagens recorrentes e persistentes que são vivenciadas como intrusivas e indesejadas, enquanto as compulsões, no TOC, são comportamentos repetitivos ou atos mentais que um indivíduo se sente compelido a realizar em resposta a uma obsessão ou de acordo com regras que devem ser aplicadas rigidamente.

Ainda que possa variar de região para região, dados epidemiológicos mostram que aproximadamente dois a três por cento da população mundial é acometida pelo TOC. Sendo a doença responsável por causar uma série de prejuízos ao cotidiano do indivíduo, incluindo dificuldades nas relações sociais e afetivas. Superstições, percepção de responsabilidade elevada e dúvidas em relação ao que irá ocorrer a partir de pensamentos intrusivos tornam a vida de indivíduos com TOC progressivamente limitada e conflituosa.

Nos homens, o TOC costuma surgir durante a infância e/ou adolescência. A doença possui sinais e sintomas mais ou menos intensos que podem variar de indivíduo para indivíduo e a relação familiar pode ter papel fundamental ou na evolução e gravidade da doença ou no seu tratamento. Nas mulheres, o TOC se desenvolve muitas vezes acompanhado de depressão e/ou transtornos alimentares.

O prognóstico da doença depende de uma série de fatores, tais como o tempo que o indivíduo irá demorar para reconhecer o problema e procurar ajuda médica. A falta de conhecimento sobre a doença e o comportamento familiar de acomodação ou apoio a certas compulsões são barreiras que, ao dificultarem o reconhecimento do processo e tratamento precoce, irão aproximar o indivíduo de outros transtornos psiquiátricos e aumentar o seu sofrimento.

Infância e relações familiares

Eu não sei se me inspirei em alguém, mas aprendi sozinho que, com movimentos repetitivos, os meus pensamentos intrusivos iam embora. Eu sou capaz de lembrar com precisão o dia em que a minha vida mudou. Foi como virar uma chave.

No dia anterior ao evento que desencadeou isso eu era um garoto sem TOC e depois do fatídico episódio tudo progressivamente mudou. Na verdade, eu gostaria de escrever que, no dia anterior ao evento que desencadeou isso, eu era um garoto "normal", porém refletindo muito me fiz perceber que o TOC não faz de mim uma pessoa anormal e, portanto, no dia anterior ao evento eu era simplesmente um garoto sem TOC, independentemente da qualidade de ser ou não ser normal.

Eu era uma criança, tinha por volta dos onze ou doze anos de idade e, ainda que o que tenha acontecido comigo tenha me marcado a ponto de ter sido identificado por mim como sendo o evento responsável por desencadear uma série de reações que me levariam ao TOC, tenho consciência de que outros fatores, excetuando-se aqui ainda as possibilidades genéticas, que também são válidas, foram adicionalmente responsáveis por isso.

Hoje percebo mais claramente o quanto algumas pessoas de minha família, para além de terem sidos coniventes com o meu comportamento, cultivam ou cultivavam alguns rituais que deixam claro para mim a provável existência de mais indivíduos com TOC na minha família.

Eu tive uma infância feliz. Nasci em uma família de classe média, religiosa, e morava com meus pais que dividiam o quintal de nossa casa com a casa de minha avó. Acompanhei a evolução de minha família, não por ter diálogo amplo com os meus pais, mas por morar nos fundos da empresa de minha família. A casa de minha avó era um sobrado, a minha casa ficava nos fundos da casa de minha avó e a distribuidora de água mineral de meu pai e tio ficava embaixo da casa de minha avó.

Lembro-me de quando meu pai e tio dividiam uma velha Kombi; lembro-me do primeiro carro, para além da Kombi, que, juntos, meu pai e tio ganharam de um bingo em Sorocaba; lembro-me das brigas por conta da sociedade e lembro-me bem da evolução econômica de minha família, que pude, enquanto criança e adolescente, acompanhar de perto.

Eu sempre fui um menino proativo, engajado, sonhador, comunicativo, articulador e me surpreendo sempre que me recordo das coisas que fazia durante a infância — aliás, esses meus atributos podem ter me tornado presa fácil para pessoas mal-intencionadas e isso ficará mais claro para você no decorrer desse livro. Ainda que tenha vivido muitos anos sem a plena consciência disso, hoje sou capaz de perceber que exerço funções profissionais desempenhando e aprimorando muitas das habilidades que estão presentes comigo desde a infância.

Dentro de casa, no entanto, as relações familiares não eram as melhores. O carinho de minha avó e mãe e o alimento não faltavam, porém o respeito entre os meus pais não existia. Eram discussões, brigas e mais brigas. Meu pai querido que, infelizmente, faleceu muito cedo, no ano de 2019, foi sempre muito sério, irritadiço, distante de mim e da família de minha mãe. Era um homem de poucas palavras e olhar aterrorizante, principalmente quando chegava em casa do trabalho e eu estava, após a escola, sentado ou deitado no sofá, descansando.

Minha mãe sempre foi mais próxima de mim, valorizava mais o diálogo e buscava mediar a relação pai e filho, e pai e minha avó paterna e tio, que moravam na casa da frente, em nosso próprio quintal. Meus pais casaram cedo, a gravidez foi um acidente na trajetória da paixão e a família dos dois utilizara um erro para justificar o outro, o casamento.

Eu não sou contra o casamento, aliás, eu sou casado, porém quantas famílias são construídas assim? Eu sou grato pela oportunidade de existir, porém somos todos frutos de uma educação e sociedade fragmentada, traumas e tabus que precisam ser vencidos para que tenhamos relações familiares mais saudáveis.

Durante esse período da infância, apesar de viver de uma forma regrada, com horários rígidos, etc., eu desfrutava de certa confiança e consequente liberdade. Empinava pipas sobre a laje da casa de minha avó e brincava muito na rua e na praça que havia próximo de minha casa, praticamente em frente. Era uma outra época, outros costumes, e o videogame ainda não tinha se tornado a febre que viria a se tornar.

Todos os dias, após a escola e um breve período de descanso após o almoço, minha rotina era sair de casa, descer o quintal, passando ou não pela casa de minha avó, descer as escadas da casa de minha avó e, por meio da distribuidora de água de minha família, chegar à rua e seguir em direção à praça em que eu brincava e passava tempo conversando com os colegas.

Esse, sem dúvida alguma, foi um período de grandes descobertas: eu como companheiro de minha avó ia para cima e para baixo com ela, vivia cantando na varanda de sua casa e em todo Natal me vestia de Papai Noel para entregar balas e presentes para outras crianças e entidades assistenciais.

Eu gostaria de escrever muito mais sobre minha

infância e a forma como me desenvolvi durante esse período, porém vou me limitar aos fatos que ocorreram nos cenários que descrevi acima. Particularmente, três fatos eu julgo serem os mais importantes para a instrumentalização de meu TOC, fora obviamente as relações familiares, que foram muitas vezes traumatizantes.

A maldade de uma gente boa e bem-intencionada

Como destaquei acima, para além das relações familiares e questões genéticas, etc., três fatos que ocorreram nos cenários que descrevi acima foram importantes para as bases de sustentação e instrumentalização de meu TOC. Esses fatos me marcaram muito e determinaram em mim muitos comportamentos inadequados e traumas, que serviram de instrumentos para minhas obsessões e compulsões.

Lembro-me de, durante esse período na infância, ser abusado sexualmente por um senhor que trabalhava com minha família. Não pense você que o senhor era um estranho, não. Esse homem era bondoso e possuía a confiança de minha família. Num daqueles dias típicos, enquanto eu entrava na distribuidora de água para falar com meus pais ou ir à praça — nessa época minha mãe também trabalhava na empresa, atendendo a ligações telefônicas — esse senhor me chamou enquanto estava no banheiro com a porta semiaberta e a braguilha aberta. Ao abrir a porta, deparei-me com o seu pênis exposto, enquanto ele me pedia para que eu me aproximasse e pegasse em seu órgão sexual.

Lembro que deixei o local e jamais contei ou comentei algo sobre isso para os meus pais, talvez por medo ou falta de informação — não sei. Também não sei sobre quais condições esse senhor mais tarde deixou a empresa, porém me lembro de, na adolescência, conhecer o filho dele que tinha um comércio próximo da casa de minha avó e que me relatou com pesar a morte recente de seu pai.

Em geral, as crianças com que eu brincava tinham a mesma idade que eu e muitas moravam próximas de casa, na mesma rua ou em frente à praça. Muitas vezes, em grupos ou não, íamos chamar os colegas e ficávamos conversando na calçada. Nessa época, o pai solteiro de dois colegas me marcou muito e ainda hoje tenho a infelicidade de cruzar com esse homem na rua. Ele ainda mora no mesmo lugar.

Enquanto eu aguardava pelos filhos dele, esse pai se dirigiu a mim e comentou o quanto o bumbum de garotos como eu chamavam a atenção e o desejo dele. Era como o bumbum das meninas, ele dizia. Fiquei assustado, acho que desconversei, e os colegas após o banho chegaram ao portão e saímos em direção à praça. A casa deles era praticamente em frente à casa de minha avó. Não deixei de falar com os dois irmãos, afastei-me do pai deles, mas jamais comentei com meus pais ou qualquer outra pessoa próxima de mim.

Hoje tenho dificuldades para compreender os motivos de meu silêncio e não imagino o que teria ocorrido caso eu comentasse alguma coisa com os meus pais ou qualquer outra pessoa. Será que acreditariam em mim? Fato é que, por todos os motivos que descrevi acima, eu era presa fácil para essas pessoas supostamente do bem, porém bem mal-intencionadas.

Um terceiro fato que quero destacar diz respeito aos adolescentes que naquela época compartilhavam a praça e ficavam próximos das crianças. A diferença de idade era pequena, poucos anos, porém esses meninos mais velhos talvez possam nos auxiliar a compreender o que destaquei ter dificuldade. Eles também eram vítimas do tabu que é o sexo e a educação sexual dentro de casa e nas escolas e talvez também tivessem sido abusados e por isso abusavam.

Por inúmeras vezes, esses adolescentes me obrigaram a passar por castigos sexuais para ser aceito e pertencer ao grupo ou poder brincar na praça, por exemplo. Acho que esse pode ter sido o motivo de meu silêncio. Talvez eu tenha achado que tudo isso fazia parte de um processo — não sei. Talvez o anormal, frequentemente praticado por muitos que estavam à minha volta, tenha se tornado "normal" para mim.

Eu fico aqui imaginando: quantos meninos e meninas foram abusados e, assim como eu, ficaram em silêncio? E não pense que o silêncio ocorre só pelo medo, não.

O silêncio é também fruto do desconhecimento e ignorância resultantes da falta de educação e, por conseguinte, tabus e amarras que nos aprisionam ao nada.

Isso me fez um adolescente confuso, traumatizado e que achava que certos comportamentos sexuais eram normais e deveriam ser repetidos. Eu também me tornei um abusador, até ser denunciado por uma mãe à minha mãe. Após esse episódio único não repeti o comportamento abusador, fui repreendido pelos meus pais, mas jamais conversamos sobre sexo ou sexualidade.

A chave que daria acesso aos demônios

Eu sou capaz de lembrar com precisão o dia em que a minha vida mudou. Foi como virar uma chave. No dia anterior ao evento que desencadeou o início da progressão de meu TOC eu era um garoto sem TOC e depois do fatídico episódio, tudo mudou.

Eu era uma criança, tinha por volta dos meus onze ou doze anos de idade e, ainda que o que tenha acontecido comigo tenha me marcado a ponto de ter sido identificado por mim como sendo o evento responsável por desencadear uma série de reações que me levariam ao TOC, tenho consciência de que outros fatores foram adicionalmente responsáveis por isso.

Era costume em casa, às sextas-feiras, comer pizza sempre de um mesmo local — aliás, as sextas-feiras eram sempre muito aguardadas por mim, pois era o dia da pizza e o sabor predileto de minha família era o de frango com requeijão. Durante uma dessas sextas-feiras à mesa com os meus pais, eu me lembro do relato de minha mãe: ela acusara algo estranho no sabor da pizza de frango.

Passaram-se somente algumas horas após o

consumo e estávamos todos em casa com diarreia e vômito. Nada tão importante para mim e para meu pai, porém minha mãe ficou pior e passamos a noite toda no hospital.

Mesmo bem medicada e com muitos dias após o episódio da pizza, minha mãe seguiu adiante com a saúde instável, até que, em uma noite com todos em casa já deitados para dormir, ouvi minha mãe reclamar de dor e levantar de sua cama. Os quartos em que dormíamos eram separados por uma área e um banheiro comum na lateral direita dessa área.

Estava escuro e, no banheiro após a descarga, ouvi um estrondo forte e contundente, como se algo se chocasse contra a pia ou vaso sanitário. Era minha mãe que havia desmaiado em frente à pia. Eu levantei o mais rápido que pude, assim como meu pai também veio rapidamente ao encontro de minha mãe no banheiro, retirou-a do chão e a levou para o quarto do casal.

Por sorte o barulho foi somente do corpo contra o chão e a cabeça não havia se chocado contra a pia ou vaso sanitário. Minha mãe já acordada se negou ir ao médico e eu fui obrigado a voltar para o meu quarto.

Eu não me lembro se naquela noite meus pais foram ou não ao pronto-socorro, a única coisa de que me lembro com clareza é do meu corpo que tremia muito, mesmo embaixo de vários cobertores. Era algo involuntário, eu não tinha controle sobre o que estava acontecendo, e também não podia reclamar para os meus pais. Ali eu estava com muito medo.

Não sei como acordei, mas na sequência dos dias minha mãe foi diagnosticada com intoxicação alimentar e desidratação grave, deveria ficar internada, mas por alternativa médica meu pai se comprometeu a levá-la todos os dias ao hospital. A minha vida após esse dia mudou progressivamente. Foi como uma chave e a partir de então o Éric de antes ficou vulnerável aos pensamentos, dúvidas, medos e sensações variadas.

Um período de medo e muitas dores

Talvez aqui você imagine que, no dia seguinte ao ocorrido, o Éric já acordou repetindo inúmeros pensamentos e movimentos, mas devo lhe dizer que não foi assim. Foi progressivo. Nos dias que se sucederam ao ocorrido com a minha mãe, eu passei a sentir dores e ter medo de tudo que poderia representar ou me aproximar da morte. Eu cresci dentro da igreja e num ambiente familiar de muita superstição e isso certamente piorou tudo.

Tudo começou com uma suposta infecção de urina, digo suposta porque eu tinha total convicção da dor. Meus pais me levaram ao médico, passei por exames, mas nada, nada foi diagnosticado. A ardência e a vontade frequente de urinar continuou, mas não se sobrepôs a um achado que fiz em frente ao espelho do banheiro de minha casa.

Ao me olhar por várias vezes no espelho percebi que a íris de meus olhos frequentemente estava enorme e aquilo me deixou com medo de ficar cego e, invariavelmente, morrer. Mantive o silêncio e a preocupação até que meus olhos começaram a arder incessantemente.

Eu passava horas me olhando no espelho.

Novamente, após muita reclamação, meus pais me levaram ao médico, passei por exames oftalmológicos, mas nada, absolutamente nada foi diagnosticado.

A ardência continuou e minha mãe se atentou à minha preocupação exagerada com manchas no corpo, pintas e/ou sensações. Bem que ela tentou me tranquilizar, mas eu demorei um tempo para desencanar e começar a me preocupar com outras coisas. Todas as bobagens que os adultos mantinham em suas vidas, como superstições, me faziam prisioneiro do medo.

Nos fundos da casa em que morei com os meus pais e avó existia um morro e era difícil não ouvir corujas por ali. Aquilo me aterrorizava e foi fundamental para o início das minhas compulsões. Como havia sido me ensinado, a presença ou o cantar da coruja era um presságio de mau agouro e a morte de alguém próximo estava por perto. Como então impedir isso de acontecer? A morte era certa.

Nessa época, ouvia muito meus pais conversarem e minha mãe falar que as dores que eu sentia e relatava eram coisas de minha mente e que eu deveria me esforçar para compreender que isso não existia, que era algo criado por mim. Minha mãe estava certa, mas isso não era o suficiente e as minhas sensações não dependiam mais de mim, eu não tinha consciência ou controle sobre elas e/ou meus pensamentos.

Adolescência e o tabu da sexualidade

Peço licença a você para relatar um episódio que ocorreu comigo nesse período da adolescência sobre o qual minha mãe e eu já conversamos muito a respeito. Esse acontecimento gerou muito sofrimento para minha mãe e demonstra o quanto frases impensadas podem machucar e gerar disfuncionalidades. O quanto a educação sexual é importante para a construção de adultos saudáveis e o quanto estamos distantes dessa e de outras realidades desejadas.

Era uma época em que eu teria que passar por uma cirurgia urológica — a minha primeira de duas cirurgias urológicas que fiz. O meu caso era um quadro de hidroceles e varicoceles (acúmulo de água e varizes no saco escrotal, respectivamente) e fimose.

Antes do agendamento da cirurgia, minha mãe insistia, a pedido médico, que eu fizesse movimentos penianos de expor e não expor a glande do pênis e com isso tentar evitar a cirurgia de fimose. Em um dia em que estávamos no banheiro, eu no banho e ela sentada próxima à porta do banheiro que estava aberta, por eu não realizar os movimentos que ela solicitara e eram para mim doloridos, minha mãe me chamou de "bicha" e me comparou a um menino que morava próximo de casa com o qual, certa vez, eu havia por ela sido flagrado sem roupas. Na ocasião, ela me comparou a ele, dizendo que ele seria mais homem que eu.

Não sei o que me levou a me envolver durante a infância e início da adolescência com esse menino, mas certamente isso tem a ver com o senso comum dos meninos que me rodeavam, de ser abusado, abusar e repetir comportamentos sexuais aprendidos sem orientação alguma.

Quando fomos pegos pela minha mãe, fomos repreendidos e jamais conversamos a respeito ou fui orientado pelos meus pais. Você deve se perguntar: "como assim esses pais deixaram o menino sem orientação alguma?", mas veja, não foi culpa deles. Meus pais representam muitos de nossos pais e fizeram o melhor que poderiam ter feito.

O fato mais importante agora é: quando é que seremos pais diferentes? Quando é que vamos encarar a importância de se falar sobre sexualidade na escola? Relato essa experiência, porque a considero como mais uma das peças fundamentais de insegurança e que instrumentalizou o meu TOC.

Já adolescente, eu começara a estudar música — a música se tornou uma grande paixão, um refúgio e propósito de vida — e a me relacionar e desejar mulheres e, mesmo desejando mulheres, manter relações sexuais com um colega do mesmo sexo e idade. Nós nos encontrávamos para ver fotos de mulheres nuas e acabávamos por encontrar prazer um no outro.

Eu era mais um adolescente bem confuso e sem orientação. Adicionalmente, os meus pensamentos cada vez mais repetitivos eram sobre fracasso naquilo que eu mais amava fazer — a música — e sobre o castigo e peso da homossexualidade, além de temer pela morte de todos que estavam ao meu redor.

Veja só o quanto a homossexualidade em minha concepção era algo negativo e ruim, um castigo. Se esse fosse o meu desejo, diga-me: qual seria o problema? A minha mente, forjada no preconceito, era uma confusão de pensamentos que se repetiam e me sabotavam, surgindo do nada, e foi assim que aprendi que, com movimentos repetitivos, as minhas obsessões e a minha ansiedade iam embora.

Contra as minhas dores o meu remédio era a dor

Os movimentos repetitivos começaram na parede. Antes de dormir, eu precisava dar murros contra a parede, nada para me machucar, mas eu tinha que bater três ou quatro vezes contra a parede, punhos serrados e com as duas mãos, uma de cada vez, e chamar a atenção de meus pais, que geralmente brigavam comigo. Meu pai, bravo, aos gritos, me mandava dormir. Aquilo era confortante e eu podia dormir em paz na certeza de que tudo estava bem.

Durante o dia, as batidas sequenciais na parede — sempre discretas para ninguém perceber — aliviavam-me o estresse e as obsessões desapareciam. Aliás, antes de dormir eu também adquiri a compulsão de abrir e fechar a torneira da pia com as duas mãos, uma seguida da outra, e fechá-las sempre com o mesmo número de voltas. Depois desse ritual feito — e detalhe: feito de maneira correta —, eu podia ir para a cama e iniciar o ritual dos murros contra a parede.

Progressivamente, as obsessões iam aumentando e fui incorporando novas compulsões para aliviar o estresse e a ansiedade gerada pelas obsessões. Do nada, pensamentos intrusivos sobre o castigo da homossexualidade e morte de meus pais e avó paterna surgiam em minha mente. Do nada, pensamentos sobre fracasso na música e compulsões, que me faziam escrever várias vezes o que eu queria para ler várias vezes e então ficar mais calmo, surgiam em minha mente e eu era obrigado a fazer para ficar mais calmo.

Assim, entre o ritual da torneira da pia e dos murros contra a parede, incorporei o trinco da janela do quarto, que eu tinha que subir e descer por várias vezes antes de ir para a cama ou a qualquer hora do dia, quando fosse necessário abrir ou fechar a janela. Era um inferno, mas me aliviava e tudo voltava a ser como era antes do pensamento intrusivo.

Mais tarde veio o interruptor de luz do quarto entre o ritual da pia e o trinco da janela do quarto. Antes de ir para a janela, eu tinha que passar pela torneira da pia, aí então acender e apagar várias vezes a luz do quarto, sempre respeitando uma sequência e um número de vezes, só depois ir para a janela e chegar à cama para os murros contra a parede.

Somente a bronca de meu pai, geralmente seguida de uma ameaça aos gritos, me fazia quebrar as sequências e ir rapidamente para a cama, sofrer e dormir. Aqui, a bronca aos gritos de meu pai já não era mais confortante e me obrigava a autoagressão física ou repetições de movimentos com os olhos ou mãos. Lembro-me de ouvir meu pai falar: "esse menino é louco, está doente", mas minha mãe discordava e/ou mudava de assunto e tudo seguia normalmente.

Durante o dia, esse era o espectro de compulsões que eu repetia sempre que necessário, às escondidas, e não necessariamente nessa ordem. Essas compulsões eram como um rol de atividades que eu poderia utilizar, sempre que necessário.

As minhas obsessões tentavam evadir o conforto gerado pelas minhas compulsões e no campo dos impulsos, quando próximo de um colega ou outro homem, geralmente de camiseta cavada ou sem camisa, eu era obrigado a olhar incessantemente para as axilas, braço ou peito do indivíduo. O meu desconforto era imenso e, sem parede, torneira, janela ou interruptor, eu era obrigado e retorcer meu pescoço, beliscar-me, retorcer a boca, piscar várias vezes ou qualquer outra coisa para conseguir me aliviar. Os pensamentos passavam e eu podia seguir adiante, como se nada daquilo tivesse existido ou passado por mim.

É difícil escrever tudo isso, porque revivo o sofrimento e você deve estar imaginando, "que loucura!". Era uma loucura mesmo — um inferno — e eu segui calado, sem falar ou comentar qualquer coisa a respeito. Ao longo de meu desenvolvimento fui percebendo o estresse que isso me gerava e fui incorporando as palavras de meu pai:

"isso deve ser uma doença" como verdadeiras. Ao pesquisar sobre o assunto na internet, descobri o TOC.

Continuei calado, sem buscar informações sobre a doença, mas ciente da existência do transtorno. À medida em que as relações amorosas e o círculo de amizades mais próximas aumentavam e/ou se tornavam mais frequentes, certos comportamentos repetitivos que eu possuía não tinham espaço para acontecer e isso me gerava sofrimento dobrado.

Já com dezesseis ou dezessete anos de idade, eu não me envolvia mais com o colega do mesmo sexo, mas continuava sofrendo com pensamentos repetitivos sobre o castigo e o tabu da homossexualidade, fracasso na música e o medo da morte. Nessa época, sempre durante o entardecer, eu era abatido por uma tristeza e uma sensação inexplicável de morte que me aumentavam o estresse e as compulsões, às escondidas.

Transtornos de ansiedade, pânico e depressão

Na faculdade, pude experimentar uma transformação muito importante. O curso que escolhi, no entanto, tinha absolutamente nada a ver com o caminho que eu havia trilhado até aquele momento. Eu sempre fui um menino ligado à música, ao teatro, era comunicativo, etc., e o curso que escolhi, a Biomedicina, era ligado à saúde.

Todos que estavam ao meu redor se surpreenderam, menos eu. Para mim foi orgânico e talvez, inconscientemente, eu buscasse por explicações que pudessem aliviar o meu sofrimento. Na faculdade, eu pude me perceber, compreender o que acontecia comigo e passei, progressivamente, ao longo dos anos, a controlar as minhas compulsões.

Eu não repetia mais os rituais antes de dormir e nem utilizava essas formas de compulsão para alívio do estresse. As compulsões reprimidas eram sempre às escondidas e se faziam por beliscões, piscadas, mãos e bocas retorcidas, batidas de leve em algum canto, etc. Isso me fez aparentemente mais "normal", porém o estresse gerado por essa supressão era enorme.

Nos dois últimos anos do curso, eu passei a experimentar, além da famosa tristeza aos finais de tarde, períodos de medo e sensações ruins ligadas à morte, que duravam semanas e depois passavam.

Nessa época, eu mantinha um relacionamento com uma mulher e morávamos juntos na casa de meus pais. Esse relacionamento durou até o terceiro ano e meio de minha graduação. Minha mãe, ao longo desse período de quatro anos, reconheceu-se depressiva e isso se deu após a morte de minha avó materna. A relação de meus pais continuava a mesma, péssima. Todos em casa estavam psicologicamente doentes. Eu morava no mesmo lugar, porém a distribuidora de água de minha família não era mais embaixo da casa de minha avó.

Durante o ano de 2009 — ano de conclusão de minha graduação — desfiz meu relacionamento amoroso e nesse mesmo ano experimentei as sensações de medo de minha primeira pandemia na vida. Foi uma pandemia de gripe causada pelo vírus influenza A H1N1. A mídia, cumprindo o seu papel de informar, publicava as mortes e mais mortes que estavam ocorrendo e aquele foi o estopim para o que viria a ocorrer em sala de aula, na faculdade.

Pela primeira vez eu experimentava, em sala de aula, falta de ar e sensação de sufocamento, coração acelerado e sensação de quase morte. Lembro que, durante as aulas, por várias vezes fui obrigado a deixar a sala e circular pelos corredores na certeza de que eu iria morrer. Isso se tornou frequente.

Calado, sempre calado, fui acostumando com as crises que iam e vinham. A minha vida amorosa de relacionamentos, encontros e desencontros, seguia muito bem. A faculdade seguia incrivelmente bem. Eu já trabalhava na área e adorava o que fazia. O relacionamento de meus pais estava péssimo, minha mente estava repleta de pensamentos sobre fracasso, agora não mais relacionado à música, e sim ao meu exercício profissional na Biomedicina.

Repleto de impulsos sobre braços, axilas e peitos masculinos, sensações de morte e tragédias que duravam semanas e iam embora ao acaso, assim como também chegavam do nada. E, vez ou outra, sufocamento, aperto no peito, nó na garganta, coração acelerado e sensação iminente de morte.

Em janeiro de 2010, já formado, iniciei o relacionamento com a minha esposa atual. Nessa época comecei a controlar não somente as minhas compulsões, mas também as minhas obsessões. Comecei a compreender que eu deveria tomar o controle daquilo que me dominava e excluir de minha mente o pensamento intrusivo, identificando, na exclusão do pensamento, o mesmo alívio que viria após a feitura da compulsão.

Comecei a questionar as superstições que me aprisionavam ao medo e ao TOC. Por exemplo, se um pensamento de morte relacionado à minha avó, do nada, invadisse a minha mente, isso me causaria estresse e me levaria à compulsão, porém, apesar do estresse que isso também me causara, passei a declarar para mim que minha avó não morreria e se morresse não seria pelo meu pensamento ou pela não realização do movimento que me traria alívio. Esse foi um passo muito importante para o meu livramento das obsessões, mas que talvez tenha contribuído para a potencialização de minha ansiedade, crises de pânico e depressão.

Nessa ocasião eu já me questionava: "até quando, Éric? Até quando serei escravo das minhas obsessões, compulsões, do medo, da ansiedade, da insegurança? Eu morrerei assim?"

Meus pais, nessa época, enfrentavam juntos a síndrome do pânico. Até meu pai enfrentou o limite daquilo que o atormentava. Eu ouvia minha mãe falar sobre o medo que ela possuía das facas que existiam em casa, e eu pedindo para que ela se acalmasse, incorporava todos esses medos comigo.

Passei a ter medo das facas e achar que eu poderia me ferir ou ferir minha mãe. Passei a ter medo de dirigir e jogar o meu carro do viaduto ou jogar o carro em frente a um caminhão. Passei a ter medo de chutar meu cachorro de estimação.

Veja: eu jamais faria isso, mas eu tinha medo de

fazer. Somente retorcendo o que eu podia retorcer ou batendo naquilo que eu podia tocar, sem chamar atenção, alguns pensamentos iam embora.

Em 2010, no cinema, fomos assistir a um desenho da série *Madagascar* e, durante o filme, não pude continuar na sala de cinema. A sensação de sufocamento e morte me fez ter que relatar não estar bem e tivemos que sair da sala. Ao sair daquele ambiente melhorei, mas não quis contar nada ou ir embora. Ainda fomos comer um lanche, mas eu estava decidido: para mim, não dava mais.

Ao chegar, com a minha atual esposa, à casa de meus pais, onde morávamos junto com eles, chamei minha mãe para perto de minha esposa e abri o meu coração, falando sobre tudo que havia ocorrido naquela tarde e sobre a minha vida de sofrimento e medo. Foi libertador e recomendo o diálogo.

O jovem adulto e a esperança de um novo tempo

Eu fui extremamente acolhido pela minha mãe, pelo meu pai e por minha atual esposa, naquela época, namorada. Obviamente não contei tudo. Existem coisas que minha mãe e esposa saberão somente lendo esse livro. Escondi as partes mais chocantes e que poderiam me expor ao ridículo ou colocar em xeque minha orientação sexual, etc., mas deixei claro o tamanho do meu sofrimento.

Passei pelo meu primeiro médico psiquiatra e disse a ele: eu sou capaz de lembrar-me com precisão o dia em que a minha vida mudou. Foi como virar uma chave. No dia anterior ao evento que desencadeou isso eu era um garoto sem TOC e depois do fatídico episódio tudo progressivamente mudou. Passei a ser tratado farmacologicamente e as crises de ansiedade e pânico, o medo e as sensações de morte ao entardecer, bem como muitas das minhas obsessões, desapareceram.

Foi, sem dúvida alguma, um período de libertação. Todo esse inferno que lhe descrevo, no entanto, não representou a totalidade de minha vida. A minha vida não parou ou foi conduzida somente em torno desse problema, não! O sofrimento experimentado por mim era só uma das faces da minha vida pessoal.

O meu profissional era blindado e seguia adiante. Ao longo de meu caminho não desisti da música. Ela seguiu paralelamente a tudo que eu fazia. Ao longo de meu desenvolvimento, fiz o que eu queria fazer e fui gerenciando as minhas crises até chegar ao ponto de pedir ajuda e passar a ser atendido por um profissional médico psiquiatra.

Talvez sem todo esse sofrimento a minha vida fosse outra. Talvez as minhas escolhas fossem diferentes e, por esse motivo, não me arrependo do tempo que levei para pedir ajuda. Isso, no entanto, não minimiza a importância do diálogo. Talvez, se eu tivesse sido educado para o diálogo. Talvez, se alguém tivesse olhado para as minhas dores. No entanto, eu jamais dei espaço para que outras pessoas pudessem olhar para os meus demônios.

Uma vez ouvi de um professor: “todos nós possuímos monstros — que eu chamo de demônios —, que precisam ser controlados”. Essa frase, no período mais turbulento de minha graduação, foi muito confortante para mim, pois tomei consciência do óbvio: eu não era o único que lutava contra monstros ou demônios, havia mais pessoas, quiçá todas.

Em 2011 iniciei a minha carreira acadêmica no

mestrado. Além de descobrir mais sobre mim e me desenvolver profissionalmente, fui percebendo que meu tratamento não teria fim. Isso me deixou muito angustiado. Acho que muitas pessoas passam por isso.

Ao longo dos anos, fui experimentando a sensação de me achar curado e livre de tudo aquilo que me fizera tão mal e, em 2013, abandonei o tratamento farmacológico. Sem a medicação e sem frequentar mais o consultório médico, eu estava a me considerar livre do TOC, da ansiedade, das crises de pânico e da depressão.

Eu não percebia o TOC, porque o TOC em mim, assim como eu, já não era mais o mesmo. As obsessões, tal como eu conhecia, existiam, mas já não eram mais tão frequentes. As obsessões agora eram somente ligadas ao trabalho, ao meu desempenho seja qual fosse o tipo de atividade, ao meu merecimento das coisas e à minha competência. As compulsões, tal como eu conhecia, existiam, mas já não eram mais tão frequentes. As compulsões se modificaram e eu demorei para reconhecê-las.

Nesse período, quando algum pensamento intrusivo invadia a minha mente, como de costume, ou eu me aliviava com os movimentos às escondidas, de forma discreta, ou eu ingressava em um ciclo sem fim de pensamentos e afirmações repetidas sobre aquilo que estava me incomodando. Isso poderia durar horas ou dias.

Quando eu buscava conversar sobre o assunto com

alguém, por exemplo, buscando informações e/ou opinião sobre o meu desempenho em determinada tarefa — geralmente isso era feito ou com a minha mãe ou esposa — eu era obrigado a repetir várias vezes a pergunta até que a pessoa ficasse incomodada com o número de repetições e eu me sentisse aliviado com o estresse que causei na outra pessoa.

Assim fui caminhando e, progressivamente, as sensações de sufocamento, nó na garganta, coração acelerado e morte foram novamente se apoderando de mim. Essas sensações iam e vinham ao acaso, porém não afetavam o meu ambiente profissional, fosse no laboratório ou na música. Isso me fez mergulhar mais e mais no trabalho na tentativa de suprimir o TOC.

De segunda a sexta eu trabalhava no laboratório, aos sábados eu ministrava aulas na pós-graduação ou trabalhava na dissertação ou tese, aos sábados à noite e durante a madrugada eu cantava em casamentos e festas, e assim segui até o momento em que passei mal no trabalho.

O pânico havia chegado ao meu trabalho. O tremor em minhas mãos era tão grande que mal eu conseguia desempenhar as minhas tarefas. Nesse momento, assumi que não estava curado de absolutamente nada e resolvi novamente buscar ajuda médica e voltar a conversar sobre o assunto com minha mãe e namorada.

A busca incessante pela cura

Em 2010, o meu primeiro médico psiquiatra, que também havia previamente tratado os meus pais, já era bem idoso — aliás, foi por isso que eu cheguei até ele — além de ser médico psiquiatra, de ser uma referência e atuar como professor na cidade, ele havia tratado os meus pais e também me tratado enquanto adolescente. Eu também havia tocado em uma banda com o filho dele, que também havia se formado médico e estava estudando psiquiatria. Quando retornei à consulta, em 2014, percebi um médico doente, acometido por sinais que me levaram a pensar na doença de Alzheimer, e resolvi procurar outro médico psiquiatra.

Começava aí a minha saga por profissionais mais humanizados e que reconhecessem em mim a pessoa que sou e não somente a doença que possuo. Passei por vários profissionais e lhe digo: a dificuldade de encontrar profissionais mais humanizados é diretamente proporcional ao comprometimento geral e assiduidade de pacientes psiquiátricos ao tratamento farmacológico.

Pacientes portadores de diabetes, hipertensão arterial sistêmica estão muito mais assistidos por uma equipe multiprofissional que cumpre com o papel da orientação e acolhimento. Os pacientes psiquiátricos não são assistidos da mesma forma e isso os distancia do comprometimento ao tratamento farmacológico. No geral, as minhas experiências com profissionais da psicologia foram bem positivas e fundamentais para o processo de descobertas em que me encontro.

Estamos no ano de 2021, em plena pandemia causada pelo novo Coronavírus, minha segunda pandemia na vida. O Brasil já caminha em direção à vacinação de boa parte de sua população, porém, infelizmente, ao longo desse período pandêmico, desde 2020, muitas pessoas morreram e parte dessas mortes poderia ter sido evitada. Para além disso, o risco de novas variantes do vírus SARS-CoV 2 nos rodeia a todo momento.

Para variar, eu não estou curado do TOC, sigo com os meus tratamentos farmacológicos e não farmacológicos, caminho em busca de me descobrir pela desconstrução de medos, tabus e conceitos preestabelecidos sobre muitas coisas, porém um espectro de obsessões e compulsões, ora mais ou menos intensas, ainda me assombra.

Quantas pessoas nesse período pandêmico, assim como eu, em minha primeira pandemia na vida, tornaram-se mais ansiosas, depressivas e sofreram pelo desencadeamento de crises e mais crises de pânico e TOC e uso de drogas na tentativa de mascarar tanto sofrimento?

Diferentemente da pandemia de 2009, essa causada

pelo novo Coronavírus foi politizada e exterminou muito mais vidas direta e indiretamente e esse fator desencadeante certamente foi muito maior que o meu, em 2009. Confesso que eu lidei melhor com o problema em 2021 que em 2009, mas eu ainda não sei o impacto desse período sobre o meu TOC, a minha ansiedade. Só o futuro poderá me revelar as consequências disso tudo que estamos vivendo.

Não encontrei fórmulas mágicas que me livrassem do TOC. Não há, para nós, portadores do transtorno obsessivo-compulsivo (TOC) e transtornos relacionados — eu acho mais adequado me identificar como portador de TEOC, uma vez que reconheço em mim a sobreposição de outros transtornos, tais como a tricotilomania (descobri enquanto estudava e escrevia esse livro) — outros caminhos ou passos para a cura, para além de um bom (e difícil) acompanhamento médico e psicológico, um tratamento farmacológico e não farmacológico bem orientado e seguido à risca, a consciência de nosso problema e o conhecimento.

Não digo conhecimento sobre a doença somente, mas conhecimento sobre a vida. Descobrir-se e descobrir o mundo é livrar-se das amarras das superstições e crenças que nos aprisionam, dos tabus de nossa sociedade, dos pensamentos mágicos[2], etc. Tornar-se um indivíduo mais cético para mim foi um bom caminho para o domínio de

---

2. O pensamento mágico atribui poder de causalidade aos pensamentos intrusivos. Por exemplo: se de forma intrusiva pensei na morte de minha avó, certamente a minha avó irá morrer como consequência desse meu pensamento.

certas obsessões.

Em 2021, conversei com a mãe do menino de quem eu abusei e lhe pedi desculpas. Ela me desculpou contando coisas incríveis sobre a complexidade e beleza dessa vida. Esse foi um dos estopins para que eu colocasse em prática o projeto desse livro.

Será que, com essa leitura, conseguiremos identificar a importância do diálogo, da observação e do outro, da educação sexual nas escolas, do malefício das superstições e pensamentos mágicos, do cuidado com a maldade das pessoas más e bem-intencionadas? Será que conseguiremos experimentar em minhas palavras um pouco do que é o TOC e trabalhar para identificar casos como esse e evitar que o sofrimento se acumule e gere outros transtornos?

O TOC se apresenta de muitas e muitas formas e o que você leu aqui não representa a totalidade da doença. O que você leu é somente o relato de alguém que lhe diz: "siga em frente, converse e busque por ajuda". Eu descobri que a cervejinha antiestresse do final de semana potencializa as minhas obsessões e compulsões semanais.

Descubra-se! Você não pode se reduzir ao que essa doença representa, não! Você é mais que isso e não deve abreviar seus sonhos ou impedir que sua vida siga adiante. Ainda que cada caso seja um caso, não faça de seu caso só mais um ou um caso aleatório. Assuma a condução dos trabalhos e siga em frente.

Bibliografia

APA (AMERICAN PSYCHIATRIC ASSOCIATION). DSM-5: Manual diagnóstico e estatístico de transtornos mentais. Porto Alegre: Artmed Editora, 2014.

COUTO, L.S.R.B.; RODRIGUES, L.; VIVAN, A.S.; KRISTENSEN, C.H. A heterogeneidade do Transtorno Obsessivo-Compulsivo (TOC): uma revisão seletiva da literatura. Contextos Clínicos, v. 3, n. 2, p. 132-140, 2010.

LIZER, M.H.; PARNAPY, JAWAID, S.A.; MARSH, W.; MOGILI, L. The impact of a pharmacist assisted clinic upon medication adherence and quality of life in mental health patients. Pharmacy Practice; v. 9, n. 3, p.122-127, 2011.

STEIN, D.J.; COSTA, D.L.C.; LOCHNER, C.; MIGUEL, E. C.; JANARDHAN REDDY, Y.C.; SHAVITT, R. G.; VAN DEN HEUVEL, O.A.; SIMPSON, H. B. Obsessive-compulsive disorder; Nat Rev Dis Primers; v. 5, n. 1, p. 1-46, 2020.

SILVA, R.M.; SHAVITT, R.G.; COSTA, D.L. Obsessive-compulsive disorder during the COVID-19 pandemic. Braz J Psychiatry; v. 43, n. 1, p. 108-117, 2021.

Sobre o Autor

Éric Diego Barioni é biomédico, educador e pesquisador na Universidade de Sorocaba (UNISO). Concluiu a graduação em biomedicina, em 2009, no Centro Universitário Nossa Senhora do Patrocínio em Itu – SP (CEUNSP) e integralizou o mestrado e o doutorado em ciências, entre os anos de 2011 a 2018, no Departamento de Análises Clínicas e Toxicológicas da Faculdade de Ciências Farmacêuticas da Universidade de São Paulo – SP (FCF/USP/SP).

Éric Diego Barioni também é autor do Livro das Intoxicações, publicado em 2021 pela editora da Universidade de Sorocaba (EDUNISO), além de assinar a autoria de capítulos de livros, artigos científicos e textos em jornais e revistas.